Fascicules 1, 2, 3.

PIERRE HARISPE

Les Poèmes
de la Guerre

PRIX : 1 FR. 50

PARIS

Librairie Mutuelle

DES AUTEURS ET ÉDITEURS RÉUNIS

12, Rue de la Grange-Batelière, 12

—

1915

Les Poèmes de la Guerre

ERRATA

Page 20, vers 15, rampart, lisez, *rempart*.

— 21, — 20, Bourgoin ne fais, lisez, *ne fait*.

— 22, — 5, qui m'a fait, lisez, *qui m'as fait*.

— 22, — 6, permet qué, lisez, *permets que*.

— 22, — 13, il rampe encore, lisez, *il rampe encor*.

— 33, — 29, lui permettre, lisez, *lui remettre*.

— 42, — 4, ô grand jamais, lisez, *au grand jamais*.

— 42, deux vers à rime féminine omis :

Tandis qu'au loin grondait la canonnade lourde,
Aux soldats qui tombaient, il présentait sa gourde.

Les Poèmes de la Guerre

LES POÈMES DE LA GUERRE

En faisant ce qu'il peut
Chacun fait ce qu'il doit

Des rives de l'Yser et de la Manche aux champs Catalauniques, des Ardennes Royales aux confins des Vosges, l'épopée la plus glorieuse que le monde ait connue se déroule en actes héroïques et sublimes.

Dans l'ampleur de cette action immense, les vertus guerrières qui se multiplient sous toutes les formes, se dissimulent et se cachent, comme des paillettes d'or et des pierreries, parmi les plis et les ombres d'un manteau de pourpre trop vaste, et qui couvrirait les épaules écrasées de gloire de tout un peuple. Nos héros admirables y sont ensevelis, obscurs, et oublieux d'eux-mêmes. Il importe donc à ceux que l'âge et l'infirmité humilient dans l'inaction, de les en tirer, de secouer la draperie des faits glorieux et des actions d'éclat, afin que les plis et les ombres des plissures les rendent à la lumière et les y contraignent à briller.

C'est ce que je mé propose de faire en publiant

ces poèmes de la guerre, gaines obscures et chatons
modestes qui n'auront d'autre éclat que celui des
pierres qui y seront enchâssées ou serties.

Nos héros entrent dans l'ombre de la mort par
l'Arc de Triomphe de la souffrance et de la gloire,
mais nous qui sommes assis ou couchés au loin, et
las de la vie, nous avons besoin de conserver la
lumière de leurs vertus au front du portique qu'ils
ont doré au passage.

Nous l'y devons entretenir, comme une veilleuse
d'espérance pour nos jours qui déclinent. Chacun de
nous, dans sa sphère, et suivant les dons qu'il a
reçus du ciel, doit porter sa contribution d'hommage
et sa dîme de gloire, à l'œuvre commune de la
reconnaissance et de la justice. Les uns par le pin-
ceau ou le ciseau qui gravent leurs traits et déve-
loppent leurs gestes magnifiques, et les immortalisent
sur la toile ou sur le marbre. Les autres par les
chants qui éveillent tous les échos du monde, et
redisent de colline en colline, de montagne en montagne, de peuple à peuple, de famille à famille, les
noms augustes qui les font vibrer d'enthousiasme et
de fierté.

D'autres enfin, par des écrits, des odes, des poèmes
qui burinent à jamais leurs actes dans les annales
de l'histoire, et dans la mémoire des hommes.

C'est tout ce que nous pouvons, nous, les pères,
pour ces grands héros que nous avons engendrés :
des bustes, des tableaux, des chants, des statues,
des écrits où notre amour les ranime, leur fait
une nouvelle vie, pour les orner et couronner à
l'envi. C'est quelque chose, sans doute, mais c'est
bien peu, car la gloire humaine s'arrête à la tombe et

ne la franchit pas. La valeur, qui est immortelle, réclame une récompense à sa mesure. Il la faut demander à Celui qui seul la peut décerner. Aussi nous est-il un devoir, aussi doux que sacré, d'en appeler à Lui, pour leurs vertus, afin qu'Il daigne suppléer à notre insuffisance, et ajouter à nos efforts. C'est pourquoi nous leur donnons un souvenir ému que le temps emporte, et une prière d'amour que l'Eternité retient. Cette tentative est plus en harmonie avec les restes d'une lyre qui languit, d'une plume qui tremble, et d'une voix qui expire.

HARISPE.

A SA MAJESTÉ ALBERT Ier

roi de Belgique

Sire, vous êtes grand comme l'humanité.
Votre nom désormais grandit la royauté.
Vous en êtes l'orgueil, la noblesse et la gloire.
De votre peuple aimé, vous remplirez l'histoire.
Il est digne de vous, et vous, digne de lui,
Car, vous vous valez bien l'un et l'autre aujourd'hui.
Peuple et roi confondus dans le même héroïsme,
Vous avez même foi, même patriotisme ;
La même âme qui vibre en des milliers de corps ;
Et c'est votre union qui vous rend aussi forts,
Que, si l'on peut vous vaincre, on ne peut vous abattre ;
Et jusqu'au dernier souffle on vous verra combattre,
Disputer pied à pied, et lambeau par lambeau,
Le sol de ce pays que vous rendez si beau
Que son rayonnement nous frappe et nous inonde.
Pour tout Belge aujourd'hui la patrie est le monde.
C'est pour l'humanité qu'il a versé son sang :
Au foyer de chaque homme, il a droit à son rang.
Il n'est pas étranger chez nous ; c'est notre frère ;
Frère de même souche, issu d'un même père.

LA FAMILLE ROYALE BELGE

Un peuple de héros a la patrie en soi.
Il est partout chez lui, son roi partout est roi.
Sire, la majesté de votre front s'efface
Devant le travailleur ou le soldat qui passe.
Du petit jusqu'au grand, le peuple à son niveau.
Trouve son souverain dans un éclat nouveau ;
L'éclat de sa valeur qui le force à se taire,
Pour admirer en lui le grand roi prolétaire.
Il est de ces moments où, même un tout-puissant,
Au trône le plus haut s'élève en s'abaissant.
Sire, vous rehaussez votre superbe taille,
Quand avec les petits vous livrez la bataille,
Exposant votre corps comme cible au canon,
Et que chacun troublé murmure votre nom.
« De s'exposer ainsi, que l'un de nous l'empêche »,
S'écriaient vos soldats en sortant de la brèche,
« Que sera-ce de nous s'il venait à mourir ? »
Ils se mettent à dix, Sire, pour vous couvrir,
Pour recevoir les coups qui visent votre tête ;
Ils sont votre rempart dans l'affreuse tempête.
Tour à tour, général, brancardier, fantassin,
Artilleur, infirmier, facteur ou médecin,
Simple dans le commerce et brave sous les armes,
Faisant tous les métiers, vous avez tous les charmes.
Traqué de toutes parts, roi sans palais ni lieu,
Vous couchez tous les soirs à la grâce de Dieu.
Et vous êtes content, toujours heureux quand même.
Ne partagez-vous pas la vie à la Bohême,
Avec l'ange d'amour et la fleur de bonté,
Duchesse de Bavière et sœur de charité ?
N'est-elle pas à vous dans la joie et la peine ?
Si vous êtes le Roi, n'est-elle pas la Reine ?
Au milieu du combat, comme pendant la paix,
Elle orne votre front des fleurs de ses bienfaits.

Elle a, de ses vertus, serti votre couronne :
Et vous en êtes fier ; l'amour vous environne.
Des maux les plus affreux, il calme les rigueurs,
Et d'un peuple martyr adoucit les douleurs,
Fait de vous un héros, et d'elle une héroïne,
Qui, sous le ciel en feu, sur vos soldats s'incline,
Rivalisant de cœur, de courage avec vous,
Et prodiguant ses soins aux blessés à genoux.
Tandis qu'Elle refuse et tout luxe et parade !
Vous restez dans le camp, Majesté, camarade.
Vous partagez le sort de vos braves soldats,
Et marchez coude à coude avec eux aux combats.
C'est vous qui les allez conduire à la victoire,
Unis dans le péril, ainsi que dans la gloire.

Guillaume Nabuchodonosor

———

Ils sont venus les jours d'Omar et de Tibère,
Des forbans couronnés qui désolent la terre.
Ils sont venus les jours où le crime à l'honneur,
Des savants asservis a conquis la faveur.
Ils sont venus les jours, où même la science
Ose absoudre un forfait devant la conscience.
Les jours où sur la terre, apparaît un démon,
Qui fait du Dieu d'amour le second de Néron,
Et qui, dans un hoquet de haine et de blasphème,
Se fait le commensal de la bonté suprême ;
Qui, le front barbouillé, le cœur ivre de sang,
Dispute à sa justice et l'honneur et le rang.
Les soldats égorgeurs des chrétiens d'Arménie
Ont trouvé leurs rivaux dans ceux de Germanie.
Stamboul est à Berlin, et le rouge sultan
Se sent enfin revivre en Guillaume-Satan.
Ils étaient tous les deux, les mieux faits pour s'entendre.
Ils se congratulaient, de l'amour le plus tendre ;
Si tant est que l'amour puisse, en des cœurs si bas,
S'accommoder avec les hontes de Judas.
Abdul-Amid vaincu, surpassé par Guillaume,
Doit rougir dans son antre, et se croire moins homme.

Il a su respecter, lui, les temples chrétiens,
Les prêtres, les pasteurs, leurs œuvres et leurs biens.
Guillaume au nom de Dieu, souille ses sanctuaires,
Bombarde ses autels, et trouble ses mystères.
Il rivalise avec Nabuchodonosor,
Et se proclame enfin, l'empereur de la mort.
Plus cruel que Néron et que Sardanapale,
De l'Apocalypse il monte le cheval pâle,
Et sonnant la victoire il n'offre qu'un tombeau
A ses soldats battus, non loin de Waterloo.
Ce bourreau de son peuple et de l'Europe entière,
De nos plaines du Nord a fait un cimetière,
Où, comme des épis par l'ouragan fauchés,
Ses hommes par milliers sont meurtris et couchés.
La terre n'en veut plus, tant en est grand le nombre,
Et le ciel attristé, se voile et devient sombre.
Es-tu content Guillaume ? Et ton immense orgueil
Est-il assez nourri de carnage et de deuil ?
Tu voulais, sous tes lois, ranger toute la terre,
Fourbe, parlant de paix, tu déchaînais la guerre,
Et, pendant quarante ans, chacun, dans sa maison,
Assise à ses côtés avait ta trahison.
Tandis que tu vivais du doux pain de la France
Traître ! tu surprenais sa grande confiance,
Et te faisant passer pour prince de la Paix
Tu préparais tes coups, en offrant ses bienfaits.
Tu voulais qu'on te prît pour le maître du monde.
Tu l'es ; sois satisfait, par ta conduite immonde,
Par ton mépris du droit et de l'humanité,
Par ton cruel orgueil et la duplicité.
Avec tes bras plongés dans le sang et le crime,
Hypocrite, tu veux passer pour la victime.
Tu veux qu'on se prosterne à tes pieds, à genoux,
Et ton joug oppresseur l'étendre aussi sur nous.
C'est assez que ton peuple, affreuse barbarie,
Vrai troupeau d'abattoir, aille à la boucherie,

Afin d'alimenter ton orgueil insensé.
Un jour son dévouement sera récompensé.
Tu seras fier de lui. Nous sommes, nous, des braves;
Nous ne serons jamais tes serfs, ni tes esclaves.
Tu peux y renoncer. Avec ou sans remords,
Ton empire bientôt sera celui des morts.
Tes crimes sont montés comme une immense plainte
Aux pieds de l'Eternel ; tu peux trembler de crainte.
Tu n'échapperas pas au juste châtiment
Que mérite des rois, le triste aveuglement.
Toute une nation injustement frappée,
Par tes lâches bourreaux est encore occupée ;
Mais ses pleurs et son sang s'élèvent vers les cieux.
Dieu s'apprête à punir ton crime audacieux.
Dans le beffroi meurtri, comme un glas, l'heure sonne,
Et le bourdon branlant, en gémissant, résonne.
Il vibre longuement, de la Vistule au Rhin,
Et de ton despotisme, il annonce la fin.
Ta mort libérera le monde d'un vampire.
Entends le craquement de ton immense empire.
Tu n'arrêteras pas son vaste écroulement,
Par ta force brutale et par ton armement.
Des Etats allemands la chute épouvantable,
Et de leurs chocs confus, le fracas effroyable,
Serviront de leçon à l'orgueil des puissants
Qui veulent écraser les faibles innocents.
La vertu des petits, a Dieu pour la défendre,
Si tu l'as ignoré, tu vas bientôt l'apprendre.
S'acharner sans merci, sur plus petit que soi,
C'est, d'un noble combat, méconnaître la loi.
Tu vis dans la Belgique une facile proie.
Tu t'es jeté dessus le cœur rempli de joie,
Mais tu faillis ainsi gravement à l'honneur.
Tu t'es conduit en reître et non pas en seigneur.
Ton arme est un poignard et non pas une épée.
Au front d'un assassin la couronne est tombée.

Et tu t'es fait un peuple en tout digne de toi :
Il partage ta honte et ta mauvaise foi.
Il approuve l'horreur dans laquelle tu te plonges.
Invoque ton vieux Dieu, répète tes mensonges.
Brigands de la pensée, ou simples artisans,
Nobles, manants, vilains, sont tous tes partisans.
Ils sont bien tes sujets et les meilleurs complices ;
Vous aurez même fin dans les mêmes supplices.
Les peuples, comme tels, n'ont pas l'éternité
Pour expier leurs torts envers l'humanité.
C'est ici-bas qu'il faut qu'ils subissent la peine
Des horribles forfaits qu'ils ont commis par haine.
C'est en vain qu'enflammé de colère en tout lieu,
Tu dis : « Laissez passer la justice de Dieu ! »
Dieu ne supporte pas d'autre Dieu que lui-même.
Ton front sera brisé contre son anathème.
Comme il fit autrefois, au chef assyrien,
Il soufflera sur toi : tu ne seras plus rien.

TIREZ SUR NOUS

—

Reims était bombardé pour la vingtième fois.
La ville avait perdu son aspect d'autrefois.
Sa belle cathédrale en sa robe de pierre,
Porte l'immense deuil de cette horrible guerre.
Au sommet de ses tours flotte le crêpe noir
De ses murs ajourés passés au laminoir.
Sa voûte ne rend plus l'écho des grandes fêtes.
Dans sa tribune en deuil les orgues sont muettes.
La bombe incendiaire a brûlé le saint lieu.
L'insigne basilique est veuve de son Dieu.
Son tabernacle est vide et sa lampe est éteinte.
Un voile de mystère entoure son enceinte.
Maintenant l'ennemi semble avoir disparu.
Le canon qui tonnait des hauteurs de Berru,
Autour de Saint-Hilaire et de Nogent-l'Abbesse,
Espace ses fureurs : lentement sa voix baisse.
Il s'est tu ; rien au loin, rien autour. Plus de bruit.
Le silence s'étend sur ce qu'il a détruit,
Comme un linceul de brume et de blonde fumée
Que l'haleine du sol a doucement formée.
Il estompait des monts les dangereux contours,
Et puis ouatait les pas partout aux alentours.
Cette absence de bruit rendait l'âme inquiète,
Car le calme, toujours, précède la tempête.
Tout à coup retentit l'effrayant grondement
Des obusiers cachés dans un enfoncement.

Le pointage et le tir de notre artillerie,
N'avaient pu repérer encor leur batterie.
En vain notre biplan survolait les vallons.
Il ne découvrait rien au creux des noirs sillons.
Il était abattu chaque fois dans la plaine,
Comme un aigle blessé, se traînant hors d'haleine.
Cependant leurs obus sur nous tombaient toujours ;
Ils venaient de plus loin, et de leurs canons lourds.
Nos soldats enrageaient ainsi de les entendre,
Sans pouvoir leur répondre, ou mieux, sans les sur-
[prendre.
Enfin, le commandant résolut d'en finir :
Il faut que l'un de vous aille les découvrir !
Dit-il à ses soldats, qui viennent en désordre
Se disputer l'honneur d'exécuter son ordre.
A moi, s'écriaient-ils d'une commune voix !
A moi, mon commandant ; arrêtez votre choix
Sur moi ! C'est le destin d'une grande épopée
D'avoir trop de héros pour une seule épée.
Le commandant troublé ne sait lequel choisir,
Mais, pour délibérer. il n'a pas le loisir.
Il pose ses deux mains sur le front de deux braves,
Et leur dit, doucement, ces paroles très graves :
« Vous allez, mes amis, au devant du danger ;
Et je n'ai pas besoin de vous encourager,
Maréchaux des logis de mon vingt-deuxième,
Je vous connais trop bien, vous estime et vous aime.
Vous êtes courageux ; soyez encor prudents ;
Bravez les ennemis, mais non les accidents.
Marchez, rampez, glissez sans laisser nulle trace,
Le long de ce talus. Adieu ! je vous embrasse. »
Et les deux maréchaux s'avancent sous le feu,
Se couchant quelquefois, ou s'inclinant un peu.
Après l'anxiété d'une terrible attente,
On entendit leur voix : nous voilà sous la tente !
Quelle tente, dit-on ? Et la ferme parbleu !
Aussitôt récepteurs et fils entrent en jeu.

Ils paraissent joyeux au bout du téléphone.
Mais ils sont fatigués : l'un d'eux est presque aphone.
Ils sont las, et heureux d'avoir atteint le but,
Qui leur fut assigné quand le sort leur échut.
La ferme abandonnée est un poste admirable
Pour voir des obusiers l'assise vulnérable.
Les deux braves sont là, comme dans un fanal.
Guettant le bon moment de donner le signal,
Et de régler le tir de notre batterie.
Les câbles sont tendus au parc d'artillerie.
On écoute anxieux. Tout à coup l'on entend
Leurs voix au bout du fil : « Allez, mon commandant :
De notre ferme, au Nord, pointez quinze cents mètres,
Tout près du petit bois dont ils restent les maîtres. »
L'obus au point nommé rebondit avec soin.
« Trop court, mon commandant, à cent mètres plus
[loin. »
Le coup part de nouveau, dans la limite étroite.
« Vous n'y parvenez pas ; encore plus à droite,
Mon commandant... Enfin, nous y voilà !
Oh ! le superbe coup que vous avez fait là !
Les Boches en ont pris, croyez-moi, pour leur rhume.
Ils n'y reviendront pas de longtemps, je présume.
Ils ont leurs obusiers tout à fait démontés.
On voit tous leurs servants l'un sur l'autre montés,
Comme des mannequins dont on n'a plus que faire.
Vous avez, commandant, bien su les satisfaire.
Ils dorment pour toujours : Mais... cessez votre feu.
Ils avancent vers nous ; attendez quelque peu. »
A ces mots l'officier tout angoissé se trouble ;
Et, n'entendant plus rien, son angoisse redouble.
« Rentrez donc, mes enfants, leur fait-il par le fil,
Ne vous exposez pas sans motif au péril ! »
« Et qui fera pour nous, après le repérage ? »
Répondent ces héros enivrés de courage.
« Impossible à l'instant de tenter un retour.
Nous sommes au grenier et ils sont dans la cour.

Nous mettons en Dieu seul toute notre espérance.
Tirez, mon commandant, tirez, c'est pour la France.
N'ayez aucun regret, tirez, tirez sur nous,
Afin d'anéantir ceux qui sont en dessous. »
Le commandant pointa le canon redoutable ;
L'on entendit bientôt le fracas effroyable
De la ferme croûlant, dans une explosion
De caissons éventrés, et la confusion,
D'hommes et de chevaux écrasés sous la masse,
Que de ses bras de fer la mort cruelle embrasse.
Quand l'horizon fut net, que le ciel éclaira
Ce spectacle d'horreur, le commandant pleura.
Il contempla longtemps cet amas de décombres ;
Ces murs restés debout comme des ailes sombres
Des Titans terrassés, par la foudre des cieux.
Il murmura ces mots, en y fixant les yeux :
« De mes vaillants soldats tel est le mausolée !
Mais Dieu les a reçus ; mon âme est consolée.
Lui seul peut couronner de si grandes vertus.
Impuissants à chanter, les bardes se sont tus.
Car des hauteurs de l'âme, il faut gravir les cimes,
Pour dire des héros les actions sublimes.
Nous ne pouvons pour eux qu'en vain nous désoler,
Et la terre n'a rien qui les puisse égaler.
Ils manquent aux honneurs que nous devons leur ren-
                                        [dre,
Et nous avons des chants qu'ils ne peuvent entendre.
Le canon les écrase et ne les nomme pas.
Ils dorment le sommeil d'un glorieux trépas.

BOURGOUIN

Le petit soldat du drapeau

Il s'était donc battu comme un jeune lion,
Comme le grand Achille aux portes d'Ilion.
Et dans l'aveuglement de son ardeur guerrière
Il ne s'aperçut pas qu'un vaste cimetière
S'étendait à ses pieds, sans croix, et sans tombeaux,
Qu'il n'avait devant lui que des corps en lambeaux,
Un amas gémissant dans d'horribles tortures,
Des visages meurtris et couverts de blessures.
Dans ce vaste océan de carnage et d'horreur,
Dont les flots s'agitaient d'angoisse et de douleur,
Il était resté seul, comme l'heureux génie
De la Patrie en deuil sur un champ d'agonie :
Seul, debout dans la nuit, seul, avec son drapeau :
Houlette d'un pasteur qui n'a plus de troupeau.
Alors, un grand frisson parcourut tout son être.
Doit-il rester encore ? ou doit-il disparaître ?
Mais la voix du drapeau le tire d'embarras.
Il en baise les plis, le presse dans ses bras.
Il ajoute ces mots à la beauté du geste :
« O toi ! mon compagnon, et le seul qui me reste,
« Puisque je t'ai gardé toujours en mon pouvoir ;
« Ta vue et tes couleurs me dictent mon devoir.

« Viens, mon drapeau chéri, mon espoir, viens ma
[France,
« Pour laquelle à cette heure est douce la souffrance.
« Pour toi, pour te sauver, tous les autres sont morts.
« Viens, je te vais unir désormais à mon corps ;
« Et l'on ne t'aura pas qu'on ne m'arrache l'âme,
« Que je ne sois brûlé par l'obus qui t'enflamme.
« Viens, nous ne ferons qu'un tous les deux, mon
[drapeau.

« Je m'enveloppe en toi, comme dans un manteau
« De pourpre et de drap blanc, et d'azur d'Italie ;
« Vrai linceul du soldat qui meurt pour la Patrie. »
Ce disant, le héros de dix-huit ans, Bourgouin,
Détache le drapeau, le déplie avec soin,
L'enroule autour de soi, comme autour d'une hampe.
Ainsi vêtu de France, à tout hasard il rampe
Derrière le rampart des frères endormis,
Qui sont tombés ce soir, sous les feux ennemis.
Son corps agile et souple ondule dans la plaine,
Comme d'un doux agneau, le dos courbé de laine.
Loin des loups ravisseurs il porte sa toison,
Tandis que tous les feux sillonnent l'horizon.
Ne va-t-il pas tomber en leurs mains sacrilèges ?
Au fond de leur tranchée, ou bien dans quelques pièges?
L'angoissante pensée obscurcit son chemin,
Et le force à tenter un effort surhumain.
Enfin la nuit s'achève, et fait place à l'aurore,
Et Bourgouin n'en peut plus : il ne voit rien encore,
Rien qui puisse abriter la hampe et son drapeau.
Mais voici que plus loin, sur le bord d'un ruisseau,
Surgit une cabane, un asile de fée
Où le dieu du repos, et des songes, Morphée,
Semble le convier au bienfaisant sommeil,
A l'abri des rayons indiscrets du soleil.
Il y court aussitôt. Y pénètre. O surprise !
La place qu'il cherchait, par d'autres était prise.

Ce sont cinq officiers allemands endormis.
Il hésite ; s'arrête, et puis s'étant remis
De son trouble, il revient plusieurs fois à la charge.
Il s'avance plus près, ouvre la porte large
Afin d'y voir plus clair. Il appelle, il ressort.
Les officiers dormaient du sommeil de la mort.
Car un éclat d'obus venait de les abattre,
Sans leur laisser le temps même de se débattre,
De changer d'attitude et de position.
Surpris, ils sont restés figés dans l'action.
Bourgouin ne les craint plus. Dans un coin il se jette :
Sur l'oreiller de France il repose sa tête.
Mais comme doucement il allait s'assoupir,
Il entend, tout à coup, un déchirant soupir,
Qui sortait de dessous tous ces corps. Il se dresse :
« Pitié ! dit une voix que la douleur oppresse.
« Pitié ! je souffre trop, daigne me secourir,
« Qui que tu sois, pitié ! puisque je dois mourir,
« Soulève de ceux-ci le poids mort qui m'écrase. »
Bourgouin ne fais qu'un bond : sans parole, sans
                                        [phrase,
De ses bras tout menus, mais souples et nerveux,
Il dégage aussitôt l'ennemi malheureux,
Dont le ventre est ouvert de manière effrayante.
Tandis que le petit soldat, hampe vivante
Du glorieux drapeau, lui prodigue ses soins,
L'officier moribond se plaint de moins en moins.
Il fixe ses regards d'où coulent quelques larmes,
Sur son jeune infirmier, valeureux, plein de charmes,
Et sur son vêtement dont la superbe ampleur,
De cet être menu révèle la valeur :
« Que fais-tu, lui dit-il, si loin des camarades ?
« Nos hommes sont tout près, et forment deux bri-
                                        [gades.
« Tu n'as qu'à faire un pas, tu seras dans leurs mains.
« Si tu veux échapper à leurs coups inhumains,

« Reprends sans plus tarder, mais dans le sens
                                            [contraire,
« Le chemin parcouru, sans jamais t'en distraire.
« Ce n'est pas le moment de prendre du repos,
« Oh ! mon pauvre petit, encore enfant, héros,
« Qui m'a fait tant de bien. Comme dernière grâce,
« Avant que de mourir, permet que je t'embrasse,
« Et puis va-t-en bien vite, éloigne-toi d'ici. »
Ils s'embrassent tous deux, et se disent : « Merci. »
Et puis, les yeux en pleurs, Bourgouin poursuit sa
                                            [route.
Sur sa direction, n'ayant plus aucun doute,
Accablé de fatigue, il se sent plus léger.
Après deux nuits passées sans boire ni manger,
Il rampe encore longtemps, puis s'affaisse et se traîne,
Mais dans son corps brisé l'âme reste sereine.
Enfin, après un jour d'un effort inouï,
Entre les bras des siens il tombe évanoui.
Le drapeau se déploie et découvre la hampe.
Il montre d'un héros, chez nous, quelle est la trempe.
Dès le matin du jour qui suivit son sommeil,
L'aurore de la gloire, en lui, mit du soleil.
Il l'eut sur son visage, ainsi qu'à la bataille ;
Il l'eut sur sa poitrine avecque la médaille
Des braves tout-petits, devenus des géants,
Pour lesquels les canons d'honneur, battent aux champs.

MAX BARTHOU

Lorsque au mois de juillet, la France fit appel
Au cœur de tous ses fils, pour répondre au cartel
De l'empereur forban, Max sentit dans son âme
S'élever tout à coup une guerrière flamme.
Ce n'était plus l'enfant aux câlines douceurs,
Aux regards reposés, aux gestes agresseurs
Jouant et lutinant sur des coussins de soie.
Radieux de santé, de jeunesse et de joie.
Ce n'était même plus le docile écolier.
Penché sur ses devoirs, studieux régulier.
Son œil s'est animé ; sa parole vibrante
Trahit quelque dessein qui le trouble et le hante.
On le voit renoncer à ses joyeux ébats
Pour ne songer qu'aux jours de nos prochains combats.
Malgré l'indifférence à son âge commune ;
De notre parlement il aima la tribune ;
En goûta les discours, quelquefois les sujets :
Il entendit traiter devant lui, maints projets.
Il avait trop vécu les soucis de son père
Au temps où succomba son brillant ministère.

Tous ceux qui l'ont connu n'ont pas été surpris,
Dans ce grave moment, du parti qu'il a pris.
Quand il étudiait notre Histoire de France,
La plus belle du monde, en noblesse et vaillance,
Il se sentait tout fier d'y voir entrer son nom,
D'en former à son tour un modeste chaînon.
Il était à cet âge où l'homme se propose
De devenir quelqu'un, de faire quelque chose.
Son esprit curieux et franc de toute loi
A son activité recherchait un emploi.
Max avait concentré son âme tout entière
En l'âme de son père, en sa belle carrière.
Il pensait, il sentait, il voyait tout par lui.
Mais il le comprenait beaucoup mieux, aujourd'hui.
Il partageait l'ardeur de son patriotisme,
Et s'exaltait aux vœux de son propre héroïsme.
L'occasion rêvée arrivait à propos
A l'enfant qui portait l'étoffe d'un héros.
Dès le premier signal de la grande bataille,
Il se sentit grandir et prendre de la taille.
Il devint plus nerveux, difficile à tenir,
D'un zèle de soldat qu'il ne pût contenir.
Sa mère l'observait souvent avec tristesse.
C'était son fils unique et toute sa tendresse.
La raison doit ici l'emporter sur le cœur,
Et c'est de ce dernier qu'il faut être vainqueur,
Avant que de tenter la facile victoire,
Qui, sur le champ d'honneur, doit vous couvrir de gloire.
Son père se rendit et s'avoua vaincu.
Il ne voulait rien tant que d'être convaincu.
Encor que dans son cœur la patrie et le père
S'enviassent les jours de cette âme si chère,
Il finit par céder avec tempérament,
En ne lui donnant qu'un demi consentement.

En arrivant au corps, Max eut une surprise :
Son intime pensée au rebours était prise.
Il voulait sur-le-champ se conduire en soldat,
En brave qui s'expose au péril, et se bat,
Et voici qu'on lui donne un poste de plaisance
Qui ne répond en rien à sa jeune vaillance.
Aussitôt il proteste, et se montre si prompt
A vouloir regagner les tranchées ou le front,
Que son père eut recours au généralissime,
Afin de mettre un frein à l'ardeur qui l'anime.
Ce fut du temps perdu, Max insista si bien
Que pour le raisonner on ne trouva plus rien.
« Mon père, disait-il, mes raisons sont les vôtres.
Je dois à mon pays trois fois plus que les autres.
Ne suis-je pas le fils de la loi de trois ans ?
Ne dois-je pas compter parmi vos partisans ?
Un poste de derrière, un poste d'embuscade,
Dans un moment pareil à mes yeux me dégrade.
Laissez-moi, je vous prie, aller où va mon cœur.
Je sais ce que je dois à mon nom, à l'honneur.
Nous traversons des jours, si je dois vous en croire,
Où vivre est une honte, et mourir une gloire. »
Il dit, et ce fut tout. Son père le comprit.
Encor que ce parti lui fût dur, il le prit.
Il demanda pourtant comme dernière grâce,
Que son fils fut mandé sur la terre d'Alsace.
C'est là, tout près de Thann, qu'au comble de ses vœux,
Le hussard bleu d'un jour subit les premiers feux,
Qui furent les derniers où se perdit sa tête,
Dans l'éternel éclat d'une aurore de fête ;
La fête du martyr couronné de son sang,
Qui prend auprès de Dieu, sa place au premier rang.
O ! vous qui le pleurez, pour vous-même et la France !
O ! vous dont il était la joie et l'espérance,

Ne le plaignez pas trop, car il n'a rien perdu.
C'est plus grand et plus beau qu'il vous sera rendu.
La mort est une étape à l'immortelle vie,
Dont l'espoir doit sans cesse exciter notre envie.
Sur la terre d'Alsace encor fraîche de lui,
Une étoile du ciel discrètement a lui.
Elle éclaire le soir, par un temps pur et calme,
Une branche brisée, une croix, une palme.
Ce sont symboles doux que vous reconnaissez,
Et que pieusement en vos mains j'ai laissés.

LE HÉROS GAVROCHE

Soldat de 14 ans

———

Huchon, Marcel Huchon ; il faut s'en souvenir.
C'est un de ces petits que grandit l'avenir.
Un de ces tout petits dont l'immense bataille
Fait résonner le nom et redoubler la taille.
La France avait soufflé sur cet être de rien.
Il suffit : il devint héros Athénien.
Il partit de chez lui dans le plus grand mystère,
Et se glissa discret dans un train militaire.
Lorsqu'on s'en aperçut, malgré son bel entrain,
Il fallut le forcer à descendre du train.
Il eut beau protester ; monsieur le commissaire
Voulut le ramener et le rendre à son père.
Mais le petit Poucet au corps mince et fluet
Fila comme une anguille au travers d'un filet.
Le voilà de nouveau dans une autre voiture
Réduisant de son mieux sa petite stature,
Et se faisant passer pour un pauvre orphelin,
Engagé quelques jours aux travaux d'un moulin.
Il fit son petit mort. Ce ne fut qu'en Belgique
Qu'il révéla son but, et son âme héroïque.
Les soldats stupéfaits n'en croyaient pas leurs yeux :
« Eh ! quoi, tu veux servir ; ce n'est pas sérieux.
« Tu plaisantes petit ; tu n'es qu'une poupée,
« Et tu n'as pas des bras à manier l'épée. »

« Essayez donc un peu, donnez moi le fusil,
« Et je m'en servirai sans froncer le sourcil.
« Mettez moi seulement quelques balles en poches ;
« Et vous verrez qu'autant, j'aurai tué de Boches
« Avant la fin du jour. Un Boche pour un plomb. »
Leur répondit Marcel, avec un fier aplomb.
« Mais tu n'y penses pas. Nous ne pouvons permettre
« Qu'un enfant comme toi s'expose à disparaître
« Sous les coups de canon. Attends d'être plus grand. »
« Plus grand ? mais nous n'aurons alors plus d'Alle-
                                         [mand. »
Répond encor Marcel, désireux de se battre,
De montrer sa valeur, d'en tuer au moins quatre.
Enfin, il insista de si ferme façon,
Qu'il fut promu d'un coup, panetier, échanson,
Gardien de la marmite, et veilleur de la soupe
Dont après le combat se régale la troupe.
Marcel qui s'enivrait au fracas du canon,
Ne fit pas très longtemps le métier de mitron.
On le vit tout à coup, délaissant la popote,
Jouer d'un bon fusil, vêtu d'une capote,
Charger au premier rang, ainsi qu'un vieux grognard,
Effronté comme un coq et fin comme un renard.
Il esquivait les coups avec tant de souplesse,
Et dirigeait les siens avecque tant d'adresse,
Qu'il en blessa plusieurs sans en être touché.
Soit qu'il fût sur le champ tout de son long couché,
Soit qu'il se tint blotti, sous le foin ou la paille,
Il tirait tout le temps, même sous la mitraille.
Rien ne l'épouvantait ; léger comme un lapin,
Il procédait par bonds, de sapin en sapin ;
S'y tenant abrité le temps d'une décharge,
Pour reprendre à son tour, son assaut et sa charge.
Tantôt en tirailleur, et tantôt dans le rang,
Il avait l'œil à tout, et prêtait peu le flanc
Aux coups de l'ennemi qui ne pouvait l'atteindre.
Il était si menu qu'il n'avait rien à craindre.

Il passait à travers des tirs les plus nourris.
Comme au champ giboyeux trottine une souris.
Après mille détours, sa tête était couchée
Visant encore un coup, derrière la tranchée.
Il n'était pas gêné par le poids de son corps ;
Aussi surprenait-il les hommes les plus forts
Par son agilité, par sa grande endurance ;
Se nourrissant de rien pour tant de résistance.
Avec un peu de pain, toujours entre les dents,
Il se battait ainsi déjà depuis longtemps,
Lorsque pour apaiser son ardeur belliqueuse,
Il changea son fusil contre une mitrailleuse.
Le fusil, disait il, ne détruit pas assez,
Il faudrait en finir, car nous sommes pressés.
A ces mots, un soldat vient de le reconnaître,
C'est un instituteur, un sergent ; c'est son maître.
« Quoi, c'est toi, toi, Marcel ? — Oui, je suis bien Hu-
                                          [chon. »
« Toi qui ne savais rien que jouer au bouchon ?
« Et puis comme un héros en triomphe on te porte ?
« Qui t'a donc affublé, mon enfant, de la sorte ? »
« J'ai dépouillé les morts qui ne pouvaient plus rien,
« Afin de les venger : Cela leur fait du bien. »
Et le sergent-major tout ému se redresse,
Et fier de son Marcel, lui dit avec tendresse :
« Ton nom dans mon école, en belles lettres d'or
« Gravé sur tous les murs, en sera le décor. »
Marcel lui répondit comme un héros gavroche :
« Il vaudrait mieux y mettre une tête de Boche.
« Je n'ai pas eu le temps d'en prendre sur le front.
« Si vous le permettiez je saurais être prompt
« A vous en porter une et d'une main très sûre. »
« Et mon brave Marcel, tu n'as pas de blessure ? »
« J'étais maigre morceau pour leur grand appétit.
« Leurs plombs étaient trop gros, et j'étais trop petit. »

« J'ai fait la preuve, et vous pouvez m'en croire ;
« Je sais fort bien manier un fusil.
« Je m'exerçais bien souvent à la foire,
« Touchant dix fois un œuf au bout d'un fil.
« Je sais du plomb comment on fait usage.
« Et, sans jeter de la poudre aux moineaux,
« Je fais mon coup. Que faut-il davantage ? »
Ainsi parlait notre jeune héros.
Il fit bien mieux que de parler encore.
Joignant au mot aussitôt l'action,
Un beau matin il partit dès l'aurore,
Sans dire un mot, et sans permission.
C'était bien là, de ses soucis le moindre,
Quand il voyait si près les ennemis.
On ne saurait ni blâmer, ni trop plaindre,
L'enfant qui part pour sauver le pays.
Gustave donc, enivré par la marche
Et la musique, et le chant du départ,
S'en va d'abord à Senlis, par Luzarche,
Suivant au pas les soldats au hasard.
Marcher ainsi n'était pas son affaire,
Car il voulait se distinguer au front.
Pour arriver, ô mon Dieu ! comment faire ?
A décider, à son âge, on est prompt.
Ce n'est pas tout que de vouloir combattre.
Sans armement on n'est pas un soldat.
Afin de vaincre et vaillamment se battre,
Il faut au moins des armes de combat.
Gustave sait qu'on ne peut lui permettre,
Ni son fusil, ni son équipement,
Et qu'à son âge on ne peut lui permettre
De s'engager, car il n'est qu'un enfant.
Il peut verser son sang, en contrebande,
Pour la Patrie et pour la Liberté.
Il a le droit d'avoir l'âme trop grande,
Dans le fuseau de son exiguïté.

Ce qu'on ne peut lui donner, il peut prendre,
Le ramasser au feu, sur le terrain.
Ainsi vêtu, son sang il peut répandre.
C'est pour cela que Gustave Chatain
Se faufila sur le champ de bataille.
Dès qu'il y fut, il a ce qu'il lui plaît :
Un bon fusil qu'il prend sous la mitraille.
En moins de rien un fourniment complet
Comble ses vœux et le remplit de joie.
Il peut enfin tuer des Allemands.
Il n'y faut pas. Il a trouvé sa voie
Pour exercer son art et ses talents.
Il va combattre enfin pour la Patrie.
Tous ceux qu'il vise, à l'instant il abat.
Il procédait bien souvent par série
De cinq à dix, même plus par combat.
Enfant joyeux de ses bons camarades,
Il en était le charme et la gaîté.
Tous s'égayaient à ses rodomontades,
A ses propos, à son air si futé.
Voilà qu'un jour, ayant combattu ferme,
Et qu'ils étaient cantonnés au dépôt,
A Fontenay, dans une vaste ferme,
Ils crurent mettre une poule en leur pot.
Là, dans la cour, en effet, une poule
Seule gloussait, comme si rien n'était ;
Tandis qu'auprès le drame se déroule,
Et que plus loin encore on se battait.
« Ah ! quelle aubaine ! aussitôt fait Gustave,
« Qui la croyait toute seule au logis
« Vous allez voir comment le petit brave
« De l'ordinaire augmentera le prix. »
Et ce disant, il traverse l'espace
Qui de la cour le sépare, et poursuit
Le volatil éperdu de sa chasse,
Qui, dans la ferme, en voletant s'enfuit.

Gustave suit la malheureuse bête,
Dans la maison, à travers l'escalier.
Il croit déjà que sa capture est faite,
Quand radieux il arrive au grenier.
Sept Allemands y ronflaient sur la paille... .
Gustave met baïonnette au canon.
On pense bien qu'il lâcha sa volaille,
Pour ce gibier qui porte un autre nom.
« En haut les mains ! leur dit-il, eh ! les Boches,
« Ou dans l'instant, sur vous tous, je fais feu !
« C'est en bouilli que je mets vos caboches,
« Si vous bougez seulement quelque peu. »
Ne croyant pas qu'un enfant eût l'audace,
De s'attaquer à des hommes comme eux,
Sans s'assurer derrière d'une masse
De fantassins résolus, courageux,
Nos sept dormeurs, en de grandes alarmes,
A cet enfant se rendent à merci.
Sans maugréer, il mettent bas les armes.
Gustave au camp les présentait ainsi :
« De notre poule, admirez la couvée.
« Que dites-vous, amis, de ces poussins ?
« J'ai cette fois bien rempli ma corvée,
« Au lieu de poule, en prenant ces roussins ».
Son escouade aussitôt lui fit fête.
Du régiment elle acclama l'enfant,
Qui sur le front n'en faisait qu'à sa tête,
Sept prisonniers amenait triomphant.
Trois jours après, en allant en patrouille,
Notre Gustave à l'épaule est blessé.
Il en traita son Allemand d'andouille,
L'apostrophant sur un ton courroucé.
Il lui fallut rejoindre l'ambulance.
Bien malgré lui, aller à l'hôpital,
Car le héros réprimant sa souffrance,
Ne voulait pas qu'on lui pansât le mal.

« Soigner un mal, c'est perdre une bataille,
« Ma foi, dit-il, je n'en ai pas le temps.
« Il vaut bien mieux, enfin, vaille que vaille,
« Ne pas tenir la victoire en suspens. »
Mais le major, ne voulut rien entendre.
Il lui fallut quitter le premier rang,
Et sans répit, le soir même aller prendre
Le train qui va jusqu'à Clermont-Ferrand.
Là, dans la paix d'une heureuse indolence,
Nouveau Vert-Vert entre les mains des sœurs,
Par son humeur et par sa pétulance,
En quelques jours il conquit tous les cœurs.
Il fut choyé par des dames confites,
Qui lui donnaient pralines et bonbons.
Mais il aimait beaucoup mieux les marmites,
Et la mitraille et le bruit des canons.
Il ne sentait plus de mal à l'épaule,
Car il avait une âme de soldat.
Il ne souffrait, en vrai fils de la Gaule,
Que du besoin de marcher au combat.
Il en avait assez des gâteries.
D'un nouveau mal il était déjà pris.
Il était pris du mal des batteries.
D'autres le sont de celui du pays.
Des infirmiers trompant la vigilance,
D'un régiment il emboîta le pas.
Il rejoignit au gré de sa vaillance
Ses compagnons, qui se battaient là-bas,
Près de l'Yser, dans les plaines de Flandres.
Ah ! mes amis, à les joindre il fut prompt,
Sur les débris de ces villes en cendres,
Où les obus, déjà, dansaient en rond.
D'une tranchée aussitôt il s'empare ;
Dans un assaut arrivant des premiers.
Trois ennemis, il envoie au Tartare,
Puis bravement il fait deux prisonniers.

Et c'est lui-même encor qui les présente,
En souriant, joyeux, au général.
Sa compagnie en est fière et contente,
Et, pour le coup, le voilà caporal.
Il en a fait sûrement pour son grade.
Il est tout fier de montrer ses galons,
De parader devant son escouade,
En répétant : « Saluez mes colons ! »
Il se riait dans le fond de lui-même,
Se trouvant peu devant un beau poilu.
Car tout autour il sait que chacun l'aime,
Pour son grand cœur et son air résolu.
Mais de nouveau dans l'assaut des tranchées,
Il est blessé par un éclat d'obus.
Sur l'édredon des panses embrochées,
Il est tombé parmi de gros barbus.
Plus fier encor de sa double blessure,
Que des galons qu'il portait à son bras,
Sur les autels de la Patrie il jure,
De prendre part à de nouveaux combats.
Mais on ne peut si tôt priver la France
De ce héros qu'enfanta son amour,
D'un caporal, de quinze ans, pour vaillance,
Deux fois cité, mis à l'ordre du jour.
Sur la poitrine, il lui faut la médaille ;
Au bon endroit, à la place du cœur.
Sous cette armure, affrontant la bataille,
Il reviendra, général, et vainqueur.

Sauver l'humanité, vaincre la barbarie,
Ou verser tout leur sang, mourir pour la patrie.
A la voix du canon, ils sont devenus sourds
A tout autre dessein, à tout autre discours.
Arrière les plaisirs et plus d'indifférence !
Au ciel il n'est qu'un Dieu ; sur terre qu'une France.
Et le souffle de Mars l'emporte sur Vénus.
Les dieux étaient partis, mais ils sont revenus.
En voici justement un tout jeune qui compte.
Et ce que j'en dirai, ne sera pas un conte,
Une légende grecque empruntée à Platon.
C'est un fait de tous points digne de Marathon,
Un fait, où d'un enfant l'héroïsme s'incarne.
Qu'est Marathon, du reste, auprès de notre Marne ?
Lorsque le jeune André qui n'avait que douze ans,
Vit passer au village un de ces régiments
Qui marchaient à grands pas vers la grande victoire,
Il se sentit grisé, tout d'un coup, de la gloire.
« Je veux partir, maman, et suivre les soldats. »
S'écria-t-il tout pâle en élevant ses bras.
Et d'un baiser tremblant, il embrassa sa mère.
Il lui fit ses adieux comme un héros d'Homère,
Tout fier, se raidissant, et sans verser un pleur,
Pour montrer à quel point il dominait son cœur.
Dans les premiers moments il offre ses services.
Il va de rang en rang, comme font les novices ;
Aide aux plus fatigués, allège leur fardeau,
Et s'avance tout droit un fusil sur le dos.
Il fut en moins de rien, le meilleur camarade
De tout le régiment, sans excepter le grade.
Et le sous-lieutenant, lui-même, Grivelet.
Prit à cœur l'avenir du petit maigrelet.
Il voulut le former au métier militaire,
Etre son bienfaiteur, lui tenir lieu de père.
Il y parvint si bien que l'enfant à son tour
Lui voua tout son être ainsi que son amour.

Ni dans l'acharnement de la grande bataille,
Ni sous le feu du tir, des fusils à mitraille
Ni parmi les assauts qu'on soutint et donna.
Jamais ô grand jamais, il ne l'abandonna.
La Grèce n'a pas vu d'enfant qui fut si fort,
Dans sa grande faiblesse en face de la mort.
Pendant plus de trois jours d'un combat formidable,
Autour de Bouillancy, son calme inébranlable,
Lui faisait affronter comme un péril de jeu,
Le fracas des canons, et l'ouragan de feu.
On eût cru voir debout, le fantôme de l'ange
Qui préside au destin des combats, et le change.
Mais le sous-lieutenant Grivelet fût blessé.
Aussitôt près de lui, Guédé s'est empressé.
Il prend son revolver, ses cartes, sa musette,
Ramasse ses papiers, son sabre, sa lorgnette.
Parmi la fusillade, et la grêle d'obus,
Dont, pendant cette guerre, on fait si grand abus.
Chargé de pied en cap, et plein de vigilance,
Il aide l'officier à gagner l'ambulance.
Malgré son embarras, il soutient, comme il peut
Sa marche chancelante. Et la mitraille pleut.
Le plomb couvre le ciel, et le combat fait rage.
Et cependant André ne perd pas son courage.
Il poursuit sans faiblir, et sans se soucier
De lui-même, attentif au sort de l'officier
Dont il sentait la gêne, et l'horrible souffrance,
Il croyait, disait-il, qu'en lui souffrait la France.
Et trois heures durant, il le soutint ainsi,
Accablé de fatigue, et sans crier merci.
On ne s'étonne plus de ce que dit l'Histoire
De notre beau pays, sous un soleil de gloire
Comme celui qui brille avec éclat sur nous.
Les dieux sont revenus ; on se met à genoux.

ABRAHAM BLOCH

Grand Rabbin de Lyon

———

Cet horrible attentat, qu'on appelle la guerre,
Fait fleurir des héros et des saints sur la terre,
Comme l'immonde engrais des corps ensevelis
Fait germer au vallon la bruyère et le lis.
La nature se joue à ces effets contraires,
A ces heurts, à ces chocs, qui semblent si vulgaires.
La fleur et son parfum éclosent du fumier,
Comme dans le désert sourd le vin, du palmier.
L'amour naît de la haine, et la vertu, du crime.
La vie a pris essor dans une mort sublime.
L'homme presque divin qu'on appelle un héros
Est sorti cette fois d'un immense chaos.
Le principe d'horreur, de trouble, de discorde
Rétablit l'union, la concorde dans l'ordre.
Plus de partis distincts et plus d'opinions ;
La guerre confond tout jusqu'aux religions.
Il n'est qu'un Dieu pour tous, et qu'une seule Eglise ;
L'église de la Foi sincère, qui baptise,
Rend le ciel accessible à tout homme, en tout lieu,
Et révèle à son cœur les mystères de Dieu.

Jetez votre regard sur le champ de bataille ;
Vous verrez sous le feu de l'affreuse mitraille
Un homme qui s'empresse, un fantôme tout noir
Qui soutient un blessé, le console d'espoir,
Qui relève sa tête et panse sa blessure,
Lui donne un réconfort et toujours le rassure.
Vous le reconnaissez, c'est Bloch l'homme de bien
Qui montre qu'au combat le juste ne craint rien.
Parmi l'épais essaim des perfides abeilles,
Dont les dards meurtriers sifflent à ses oreilles,
Il enjambe les corps, et va de rang en rang,
Des mourants aux blessés dont il foule le sang.
Il ne s'épargne pas ; il court de l'un à l'autre
Tendre comme une sœur, zélé comme un apôtre.
Tout à coup, d'un amas, qui s'agite, une voix
Lui dit en suppliant : « Donnez-moi votre croix,
« Que je puisse la voir, que ma bouche l'embrasse,
« Que de mes doigts meurtris, sur mon cœur je la
                                        [place. »
Aussitôt, Abraham, Pontife de la loi,
Qui sait que dans la mort, le salut, c'est la foi,
Et qui n'a pas sur lui l'emblème salutaire,
De Celui qui pour nous mourut sur le calvaire ;
N'ayant aucun souci de l'immense péril,
Il cherche un crucifix : « Un crucifix, dit-il. »
A chacun des soldats sur le champ de carnage.
Enfin un officier lui tend la sainte image
Qu'il portait à son cou. Vers le pauvre blessé
Bloch revient aussitôt, et s'incline empressé,
Sur son front tout sanglant dont il sent la souffrance,
Auquel il vient porter ce gage d'espérance.
Et cependant au ciel éclatent tous les feux
Qui font pleuvoir l'obus et les balles sur eux.

Comment ce moribond, si près de l'agonie,
Dans ce pressant danger, conserva-t-il la vie ?
Sans doute Jeanne d'Arc détournait de son front
L'ouragan des obus, si terrible et si prompt,
Comme la mère écarte, et d'un geste disperse,
Les frelons bourdonnant sur l'enfant qu'elle berce.
Contemplez un instant ce superbe tableau,
Dites-moi s'il en est sur la terre un plus beau.
Ce prêtre d'Israël qui présente l'emblème
Du Christ, à ce mourant qui l'appelle et qui l'aime.
Ce chrétien qui reçoit le baiser de la croix,
Des mains du bon rabbin, pour la dernière fois.
Ces regards échangés, et ces dernières flammes,
Où se consume enfin l'holocauste des âmes.
Ces soins si prévenants, ce muet entretien,
Entre le grand Pontife et le soldat chrétien.
Jamais l'antiquité n'offrit rien de semblable,
Rien n'y peut rappeler cette scène admirable.
Ajoutez à la scène, en ce moment précis
Où l'un et l'autre sont auprès du crucifix,
Cet obus qui les frappe, et sur le coup les tue,
Confond leur souvenir, leurs noms qu'il perpétue
A jamais parmi nous, au rang de nos héros,
Et de nos saints élus, dans l'éternel repos.

> Ce n'est plus un spectacle,
> C'est une vision
> Qui rappelle l'oracle
> Des Bardes de Sion.
>
> Ah ! je suspens ma lyre
> A l'arbre de la Croix.
> Je me tais et j'admire,
> Car je n'ai plus de voix.

Rêve donc, ô mon âme !
Dans la confusion,
Rêve l'Epithalame
De la grande Union.

Le Christ a retrouvé ses épouses unies,
Aux sons mystérieux des saintes harmonies.
Le Pontife Abraham, ce sublime Rabbin,
Est le disciple aimé du Rabboni divin.
Il est mort comme lui, pour le salut d'une âme.
L'Eglise catholique à son tour le réclame,
Car celui qui comprend ainsi la foi d'autrui,
Montre que du vrai Dieu la lumière est en lui.

PARIS

Soc. anon. de l'Imprimerie Kugelmann
(L. Cadot, directeur),
12, rue de la Grange-Batelière, 12

Du même Auteur

Paris. — Société anonyme de l'Imprimerie Kugelmann (L. Cadot, directeur), 12, rue de la Grange-Batelière.

www.ingramcontent.com/pod-product-compliance
Lightning Source LLC
Chambersburg PA
CBHW061707180626
46818CB00003B/1294